Benavides Briceño, Dayana.

ISBN: 9798365146525

Primera edición. 2022

Diagramación. Geyben

Impresión. Amazon KPD

Diseño general. Dayana Benavides

Diseño de Portada por Canva

No se permite la reproducción total o parcial de este libro, ni su incorporación a un sistema informático, ni su transmisión en cualquier forma o por cualquier medio, sea electrónico, mecánico, fotocopia, grabación u otros métodos, sin el permiso previo y por escrito del autor. La infracción de los derechos mencionados puede ser constitutiva de delito contra la propiedad intelectual.

Año 2022

"La locura es tonificante y vigorizante. Hace al cuerdo más cuerdo" (Henry Miller)

Índice

EL NADO DE POSEIDÓN 6

EL AMOR DE MI VIDA 18

LA SAL EN LA SOPA 27

DON LUCIO .... ¡ERROR! MARCADOR NO DEFINIDO.

SORPRESA 42

LA MENTIRA 49

VEINTE 56

EL PAQUETE 62

EL TESTIGO 64

LA BANQUETA 71

EL HOMBRE SECRETO 73

AMANDA LA PODEROSA 78

VUELA 81

ELLA 89

DOCTOR MUERTE 96

AMOR DEL CHAT 115

PASO EN FALSO 119

EL VIENTO QUE ARRASTRA 122

CON UNA MIRADA 126

LIBRES 132

EL CHALET B 136

EL NADO DE POSEIDÓN

Era un hermoso día, las gaviotas bailaban con sus alas en el cielo, buscando alguna presa que saciara su hambre, entre las acompasadas ondas que se formaban en el mar al paso del viento. El inclemente sol de las diez quemaba mi piel mientras lucía el número 77 sobre mi cabeza, a la espera de la orden de salida en la playa Balú, junto a otros competidores. Era un usual día domingo, la gente se encontraba dispersa sobre las cálidas arenas en sillas plegables, sobre coloridas tollas, los niños jugaban con cubetas y palas a hacer castillos, los heladeros hacían sonar sus campanas al empujar sus carritos y los vendedores exhibían sus mercancías a los visitantes caminando entre las dunas.

A la señal de salida, me zambullí junto a una multitud de nadadores en una travesía hasta Isla Yarta. Kilómetros de distancia separaban una orilla de la otra. La multitud gritaba para animarnos, la orilla estaba agitaba con el salpicar desenfrenado, luego las boyas iniciales quedaron a tras, y todos continuamos moviéndonos como peces dispuestos a dar el máximo para lograr obtener el primer lugar.

Provista solo de mis extremidades, circulaba de manera acompasada, me deslizaba entre las suaves olas que llevaban ese ritmo que las distingue, un son tropical, de aquí para allá, de allá para acá. A momentos, el agua penetraba por mis oídos y por mi boca incómodamente. Empecé a percibir el sabor salobre en mi lengua y el sol abrasador que quemaba mi piel hasta la deshidratación. Mis brazos se estiraban lo más que podían como remos, mis pies no dejaban de hacer esos rápidos movimientos que me permitían avanzar. Al principio, los competidores tropezábamos entre sí, pero luego de algunos metros entre el oleaje, solo podía divisar algunas cabezas que emergían de cuando en cuando con llamativos atuendos fosforescentes. El movimiento del mar nos mantenía separados uno del otro. Mi gorro amarillo, con su número 77, se asomaba entre las crestas azules y espumosas. Pero llegó un momento en que desde mi lugar, no lograba divisar a algún compañero. Eso me hizo sentir que nadaba como un náufrago en medio de la nada.

En mi soledad, nadaba estilo libre y a ratos me detenía a revisar su ruta para no perder el rumbo. Quedaba flotando por un instante en el agua. La distancia entre la orilla de donde había salido y el punto donde me encontraba, había aumentado considerablemente, ya no me era imposible tocar el fondo con mis pies, ni tampoco verlo, pues el agua se revolvía con la arena haciéndola turbia, solo podía observar lo que ocurría a poco más de un metro con mis lentes de natación. No distinguía algún pez o arrecife, solo algunos rayos de luz penetraban en la superficie. La sensación de ser una minúscula pieza en toda aquella inmensidad era abrumadora.

Trataba de dirigirme a una torre erguida que podía observar a lo lejos, era el único punto que habíamos fijado para no desviarnos del camino, a pesar de la marea. Aún faltaban varios kilómetros para alcanzar la orilla, pero el cansancio se apoderaba de mi humanidad y la hacía avanzar cada vez con mayor lentitud. Desde el lugar donde me encontraba, la meta parecía inalcanzable.

De brazada en brazada, de patada en patada, un mundo de memorias invadía mi cabeza. Recordaba que hace algunos años ni siquiera sabía flotar, después había sido un reto aprender a respirar sin hundirse y a marcar cada estilo debidamente: libre, mariposa, espalda y pecho. Ahora eso parecía tan obvio.

Pero el oleaje cada vez más intenso y me arrastraba en la dirección opuesta, tras luchar contra la marea, de repente, sentí como si el fuego me quemara la pierna y un costado de mi brazo de derecho. Había sido atacada por "agua mala", muy comunes en ese lugar. Habían intentado adherirse a mi piel, causándome un ardor doloroso que me dificultaba nadar. Por suerte, el aceite del bloqueador me ayudó a que el animal no permaneciera adherido por mucho tiempo.

Mi mente se estaba volviendo en mi contra, mis pensamientos estaban llenos de dudas. ¿Será que podré llegar a la orilla? Hasta se me cruzó la idea de morir ahogada en esa inmensidad de mar ¿Quién me escucharía si grito? Solo me rodeaba el agua y la marea crecía a medida que pasaban las horas. Pero no me rendiré.

Ya muy cerca de la llegada, con los brazos adormitados por el cansancio, brazada a brazada trataba de penetrar en la bahía, pero la resaca me regresaba a mi posición inicial, una y otra vez intentaba sobrepasar ese punto en que el mar es quién tiene el poder sobre las indefensas criaturas que se adentran en él. Pero mis intentos eran infructuosos. Mi adolorido cuerpo quería rendirse ante el imponente dominio de mar. El sol continúa calentando el océano. El cielo era más celeste que de costumbre, a los lejos lograba distinguir las palmeras en la orilla de la isla, pero aún había mucha agua por delante.

■■■

Tal vez había estado demasiado tiempo a la deriva luchando contra la marea, desde hace rato, no veo a ninguno de mis compañeros, ni las boyas, solo agua. Hasta que a la distancia, la logré ver de nuevo a ella, la chica 77, estaba ahí tan desesperada como yo. Siempre la observó en las clases de natación, hemos hablado muy poco. Quisiera invitarla a salir, pero no me he atrevido a hacerlo. En la playa cuando partimos, decidí seguirla, pero durante el largo trayecto no había podido darle alcance, cada vez que me detenía en medio del mar a revisar donde estaba no lograba divisar su reluciente gorro amarillo, pero ahora estamos muy cerca, la veo desde el extremo opuesto como lucha por alcanzar la playa, está agotada y parece estar en problemas, a pesar de mi cansancio, nado en su rescate, pero la marea me arrastra una y otra vez de regreso. Quiero tomar su mano y llegar junto a ella a la playa, y en la orilla, la invitaré a tomar algo.

Con dificultad, me sumerjo en la salobre agua, conteniendo la respiración por tramos, y aunque no puedo ver hacía donde voy, puedo evitar el fuerte oleaje que me impide alcanzarla. Por fin he podido acercarme, me quita el gorro naranja y lo agito para que me vea, pero la marea cada vez es más fuerte, siento que me desvanezco y mi visión se tornó borrosa. Me desespero por no poder atravesar el oleaje. He quedado flotando a merced de la marea, agotada por el vano esfuerzo. Continúo llamando su atención con mi gorro, pero parece que no me ha visto, trataré de acercarme aún más y la llamaré, aunque no sé su nombre, le diré la chica del 77. Pero por fin, la he logrado tomar de la mano, ella al verme me ha sonreído, se ve muy desmejorada y débil, pero igual de linda que todos los días en el polideportivo. Trato de hablarle, pero parece no oírme.

***

El 23, con su gorro naranja, que bueno que está junto a mí. Me sentía tan desesperada. Es mi héroe. Siempre lo veo en la piscina, pero

me pongo tan nerviosa cuando se acerca a mí, que no me salen las palabras. Su mano cálida aprieta a la mía y ya no siento esa soledad que me abrumaba. Intento entender lo que me dice:
—El oleaje es cada vez más fuerte. Debemos intentar nadar a la orilla.

Siguió mis indicaciones y se sujetó con firmeza de mi mano. Los dos movíamos con dificultad nuestras extremidades acompasadas. Faltaba tan poco ¡Ya lo íbamos a lograr! De repente, sentí la furia del mar que nos golpeaba sin piedad, traté de no soltar su mano, no podía perderla, ahora que estamos tan cerca. Pero una ola me arrastró al fondo, y solo logré sentir su mano que siguió firme junto a la mía, eso me tranquilizó.

El mar empezó a verse cristalino, el oleaje era más suave y podían distinguir algunos arrecifes, el fondo se hacía claro, era un espectáculo hermoso. Peces multicolores nadaban entre las formaciones marinas, pasaban cerca de ellos, parecía que podían tocarlos con sus dedos, era como estar en un sueño. Las algas se movían en un compás lento al ritmo de la música acuática. El dolor de sus extremidades había desaparecido. Estaban en el paraíso. Pero, en el mundo de Poseidón, nunca llegó la noticia de quién había sido el ganador de la competencia, pero eso poco les importaba ahora.

EL AMOR DE MI VIDA

El tren estaba lleno de gente. Las sillas del comedor las compartían algunas familias y parejas, en la barra semicircular había uno que otro solitario que no se mezclaba, insistían en concentrarse en su platillo o bebida para evitar relacionarse con sus pares. Yo aguardaba a que algún asiento se desocupara. Observaba por el gran ventanal del salón los rayos del sol que brillaban con fuerza en el cristal. Solo dejaban ver las siluetas de las montañas. Un hombre de gran barba se levantó de su silla. Había terminado su comida. Con rapidez, me acerqué para tomar su puesto. Pedí un café mientras revisaba la carta. Junto a mí estaba sentado un joven apuesto, lo vi de reojo, para que no se diera cuenta de que lo observaba, pero inevitablemente nos encontramos con la mirada. Él sonrió y yo también, muy apenada. Él amablemente se presentó:

— Mi nombre es Clark Kentucky.

— ¿Cómo? —dije sorprendida.

— Clark Kentucky.

Pensé que me estaba vacilando o que tal vez, si estaba hablando con el verdadero Supermente. Lo vi con más detalle, y sí, definitivamente era un superhombre. Uno de esos paladines de la justicia que siempre "enganchan" a la gente, porque además de guapo, es muy correcto. ¡Qué más se podía pedir! Empezamos a conversar sobre cosas simples y lo más que destacaba en su charla era sus valores morales. Tanta perfección junta. ¡Qué alguien me lancé un baldazo frío! El único detalle era ese odioso acento cuando marcaba las erres ¡Qué mal español!

—Soy periodista. Voy a la Megapolis a cubrir unas protestas de Guarimberos —dijo. Como si yo no supiera eso, pero le seguí la conversación ¿Qué hará él acá? tan lejos de su Metrópolis.

—Mi nombre es Alba y también soy periodista —dije con orgullo.

— ¿Vas a hacer la cobertura de los disturbios? —preguntó.

—Si, me bajó en la próxima estación.

—La situación está incontrolable, me enviaron del Planetoide News a cubrir ese desorden.

Mientras conversábamos sobre el caos causado por la dictadura y sus consecuencias, me preguntaba ¿Cuál era la verdadera razón de su viaje Megapolis. Él es un héroe, seguramente va a salvar a los pobres inocentes, disfrazados de reportero. Estaba fascinada. Quería gritarle, gracias por preocuparte por nosotros, sé quién eres, te admiro. Y bueno, además darle mi número de teléfono, a lo mejor algún día me llamaría para invitarme a volar con él.

A ese punto, no podía dejar de ver esos convincentes ojos azules. La conversación se había tornado fascinante, él se enojaba al hablar del régimen de facto y yo pensaba, coincidimos en eso. Me emocionaba verlo preocupado por el tercer mundo, en especial, por los pobres niños desvalidos. Esa era mi razón de ser periodista, para ser la voz de los oprimidos y que oportuno que él pensara igual.

El tren seguía avanzando y yo había pedido un pan con jamón y otro café para acompañarlo. Él tomaba un refresco de cola. Al rato de estar conversando, me confesó que más que mostrar lo que ocurría ante los medios, tenía una importante misión que cumplir en la convulsa *Megapolis*. Entonces lo entendí, sin decirme exactamente que era *Supermen*, me había confiado que acabaría con las injusticias de ese lugar. Todo había sido tan rápido, me sentía en un sueño, unas cosquillas extrañas en el estómago y un latir más acelerado del corazón, ¡Qué hombre! Me sentía enamorada. Nunca había conocido a alguien tan a mi medida. Su pícara mirada me tenía encantada.

Cuando el tren se detuvo en la estación, la situación en *Megapolis* se había salido de control. Solo bajamos el superhombre y yo. Los andenes estaban repletos de gente que quería salir huyendo, pero no había suficiente espacio para tantas personas.

Salimos del tumulto y nos dirigimos al centro, donde se desarrollaban las manifestaciones más numerosas. Se escuchaban detonaciones y todo estaba lleno de humo. Había encapuchados armados lanzando piedra y bombas caseras a la policía del régimen que los atacaba con tanques "ballenas". La calle era una escena de guerra. Personas heridas, casquillos de balas esparcidos en la calzada, llantas incendiadas, soldados armados. Un infierno en la Tierra. Pero a pesar de todo, me sentía segura, tenía al hombre de acero a mi lado para defenderme. Corrimos por la calle esquivando los disparos, nos escondimos detrás de un automóvil que aún permanecía estacionado junto a un parquímetro. Busqué mi celular en el bolso para tomar unas fotos. Había esbirros del régimen llevando muchachos detenidos.

Uno de los soldados me vio, entonces me agaché rápidamente para protegerme y buscar a mi héroe, pero no estaba. Se había esfumado. Seguramente se escondía para realizar su conocido cambio de ropa, dejar de ser Clark para ser *Supermen*. El soldado aún me acechaba, así que corrí detrás de unos árboles, hasta que un esbirro de rango superior lo llamó para que lo acompañara a otro lugar.

De repente apareció en el cielo volando, con su traje azul y su capa roja. Ahora si iban a pagar por sus crímenes esos violadores de derechos humanos con el Adonis justiciero. Paso velozmente por encima de varios edificios buscando algo. Empecé a agitar mis brazos. No debe saber dónde estoy. Pero no se acercaba.

De repente descendió sobre una torre de comunicaciones donde parecía estar una persona atrapada. Era una mujer, su vestido verde se agitaba con el viento. Él se acercó a ella, forcejeó un poco y logró soltarla. Él la tomó en sus brazos y retomó nuevamente el vuelo desapareciendo en el cielo. Me quedé observando el firmamento para seguirlo cuando retornara. ¿A dónde iría a llevarla? ¿Por qué tardaba tanto? Ya empezaba a ocultarse el sol.

Entonces en ese instante entendí qué solo era un Supertonto que no volvería, pero esa contrariedad me había hecho encontrar al verdadero amor de mi vida y no soltarlo jamás ¡Yo! Que debía correr por mi vida, pues Megapolis aún seguí ardiendo y la única que estaba segura era Luisa Lana.

LA SAL EN LA SOPA

Argelia ha despertado sin ganas de vivir, voltea a ver con los ojos entreabiertos al otro lado de la cama, como era costumbre se encuentra con los ronquidos insoportable de su esposo, babeando la almohada con su boca sin gracia. Lo mira con detalle y no logra entender en qué momento fue que lo eligió como compañero. Aún podía recordar aquella tarde en medio de la multitud, cuando él se acercó abriéndose paso con su bastón de empuñadura de oro. Vestía un impecable traje blanco con su figura estilizada y usaba elegantes palabras que deleitaban a todos. Pero no le había causado mucha gracia, sin embargo él irradiaba poder, una cualidad que poco a poco fue conquistándola. Recibió innumerables ramos de rosas y suntuosos regalos que la hicieron cambiar de parecer.

Pero él no tardó mucho en transformarse cuando ella, al fin, aceptó su propuesta de matrimonio. Al convertirse Argelia en "la señora" dejó de tener gracia para él, y se hizo notorio su desprecio cuando la gritaba porque le faltaba sal a la sopa o cuando servía la comida muy caliente. Él se atrevía a golpearla sin piedad con su bastón. Todo pasaba tan rápido que la chica no había tenido la oportunidad de detenerse a pensar en la mala vida que llevaba. Callada, soportaba insultos que desmoronaba su confianza como migaja de pan, haciéndola cada vez más miserable. Pasó de ser la joya más preciada, a otro objeto de la colección que no causaba asombro y permanecía en un rincón olvidado de la majestuosa casa.

«Y sí me voy y acabó de una vez por todas con esto. Sí tan solo me fuese detenido un minuto a pensar antes de haber... El bastón ¡Ese maldito bastón! ¿Cómo se puede soportar una vida sin amor? ¿Cuánto vale la felicidad?» Se decía una y otra vez mientras los recuerdos se amontonaban en sus pensamientos y jugueteaba nerviosamente con la pulsera de perlas que adornaba su brazo derecho.

Acumulaba resentimiento día tras día, pero resignada arrastraba sus pies por el pasillo como tantas veces para detenerse en la cocina y comenzar la faena del día, aunque fuese preferido dormir para no darse cuenta de lo que ocurría a su alrededor, solo respiraba y continuaba. Él volvería en la noche, entonces ella se haría la dormida de nuevo para evitar alguna discusión, o que él se le acercara con intenciones de obtener placer, y así transcurriría otro día más.

Hasta que el desprecio y el cansancio se transformó en Marcos, que dormía plácidamente como si nada ocurriera a su alrededor, el resplandor de la ventana dejaba ver su silueta desnuda. Argelia había encontrado una excusa para abandonar a su marido, aunque solo fuese un aliciente pasajero.

«No soportaré ni un día más de maltratos, ni de vejaciones, ni un golpe más.» Se recrimina mientras hurgaba dentro del cajón de pijamas donde su marido dejaba algún dinero y un viejo revolver.

* * *

La mañana era espléndida. Era un buen momento para ejercitarse dando un paseo por la calle.

—Argelia —llamó a la puerta Rocío, su vecina, tenía días sin verla. Gritaba para animarla desde afuera.

—Vamos a caminar, el sol está radiante.

Tocó insistentemente, pero no halló respuesta, entonces trato de entrar por el jardín sin éxito. Recordó algunas palabras de Argelia días atrás, confesándole la pésima relación que mantenía con su marido. Se le ocurrieron unas ideas aterradoras y sintió temor por la integridad de su amiga.

Luego de insistir sin encontrar repuesta. Preocupada, llamó al 911, entonces la policía acudió al lugar con prontitud luego de la insistencia de la mujer. Los oficiales encontraron la cena servida, dos platos de sopa sobre la mesa, y uno de ellos junto al salero, las copas llenas de agua, y el pan frío.

Al entrar en una de las habitaciones, vieron numerosas manchas dispersas en el piso y las paredes, también habían dos cuerpos rígidos, uno en la alfombra y otro sobre la cama con el rostro irreconocible con innumerables laceraciones. Pero en la habitación todo parecía estar intacto, solo faltaba Argelia y el maldito bastón de empuñadura de oro.

EL MISTERIO

«De nuevo se han acercado esos hombres funestos de traje que parecen venir de la capital, otra vez junto al árbol sin flores, a diferencia de sus pares que lucen color lila en esta época, ese aún no florece, debe estar distraído con las incidencias a su alrededor.» Pensaba el viejo Lucio cuando de repente alguien se le acercó por la espalda.

—Don Lucio, ¿Qué hace detrás de esa piedra observando la calle tan temprano? ¡Déjese de eso!

El viejo con un ademán desesperado, imploró al muchacho recién llegado que guardara silencio, pero este parecía no entender, hasta que le cubrió la boca con su áspera mano de llanero curtido. José Cruz sintió la necesidad de curiosear lo que inquietaba al viejo Lucio, y se topó con un Oldmobile recién pulido y tres hombres con vestimentas sofisticadas alrededor del vehículo que estaba estacionado justo debajo del gran árbol.

—Viejo ¿Sabes qué hacen esos tipos de ciudad por estos lados?

Lucio calló. Con la mirada intentó decirle lo que con su boca no podía pronunciar. La calle estaba desierta, los automóviles habían desaparecido, había una inmensa quietud que era interrumpida por la brisa que agitaba los matorrales. A lo lejos, con sus gabardinas oscuras, los extraños individuos hablaban sin que Lucio ni Crucito pudieran escuchar ni una palabra. El más alto, de cabello oscuro, tenía la mirada perdida en los campos de maíz, mientras que el otro, de vestimenta gris, hurgaba sus bolsillos en busca de quién sabe qué.

El viejo Lucio había visto antes al más alto, pero los otros dos, los desconocía por completo. Crucito notó que el viejo temblaba, pero la brisa no helaba para causar tal movimiento recurrente en el anciano, percibió la inquietud que le producía la presencia de los caballeros de ciudad.

Del cajón del Oldmobile, sacaron una larga soga que un mulato la colgó con dificultad sobre uno de los largos brazos del inmenso árbol. Entonces la respiración del viejo se agitó aún más al ver el panorama.

El hombre más alto, llamó a sus compañeros para que lo ayudaran a bajar algo del automóvil, estos se acercaron, y de él sacaron un bulto. Medía como metro y medio de largo, pero solo se lograba ver una tela que cubría su interior.

Crucito le preguntó al viejo Lucio susurrándole al oído. - ¿Qué es eso Don Lucio? Sus carnes se pusieron como de gallina esperando ansioso una respuesta que sospechaba no sería agradable.

Lucio lo conminó a callar, mientras no les quitaba la mirada a los tres individuos con actitud sospechosa. El viejo había escuchado que por esos parajes, esbirros de la policía política de Marcos Pérez Jiménez, hacían de las suyas torturando y asesinando a disidentes. Una vez le contaron una historia de un joven que fue colgado de ese árbol, disque por conspirar contra el General. Crucito también había escuchado en el bar relatos semejantes.

Los dos temerosos aguardaban escondidos. A unos metros, los tres hombres cargaban con el cuerpo de un inocente. Lo colocaron sobre el monte y empezaron a desamarrar los mecates que lo sujetaban. Uno de los individuos, tenía una pala para cavar, que había sacado del cajón, junto al pesado bulto.

A Lucio no le quedaba la menor duda, los hombres se disponían a sepultar un cuerpo en aquel paraje olvidado, donde nadie sería testigo de su fechoría. Pero ahí estaba él con el chico, serían testigo del crimen, debían permanecer callados para no ser descubiertos por esos desalmados, pues podrían correr la misma desgraciada suerte del difunto.

Poco tiempo después, llegó otro automóvil al lugar. Traía a algunos hombres mal vestidos, en la parte trasera de la camioneta. Se adentró un poco en la maleza, hasta alcanzar al grupo de siniestros caballeros que pretendían ocultar el misterioso fardo. Tal vez, ellos serían los encargados de realizar el entierro.

Lucio temblaba, ahora eran más esbirros, si eran descubiertos, no tendrían escapatoria. Entre dientes empezó a murmurar un Padre

Nuestro, suplicándole al todo poderoso que resguardara la vida de él y de Crucito. Este último al oírlo, lo acompañó en la oración.

Con una navaja, un par de hombres, rompieron los amarres del bulto, y de él sacaron un trípode de madera y otras herramientas ¿Dónde estaba el occiso? ¡No había cuerpo maniatado! Lucio y Crucito estaban sorprendidos.

Los hombres recién llegados, parecían ser obreros de la construcción, y uno de los individuos siniestros, había tomado el mecate, que había dejado en la rama del samán, para colgar una hamaca, los otros dos cogieron algunas de las sofisticadas herramientas y se dispersaron por el terreno. Los esbirros se habían esfumado, para darle paso a un grupo de constructores de la nueva carretera, Lucio y Crucito al fin respiraron con tranquilidad, sus temores parecían ser infundados.

SORPRESA

Eran como las diez, estaba despejado el cielo, los rayos caían desordenados por la avenida de dos sentidos entre las coloridas fachadas de las quintas, en el centro una hilera de árboles de menor tamaño aún no llegaban a dar sombra a los carros que pasaban a cada lado de cuando en cuando.

Dora descendía por una pendiente estrecha paralela a la calle para ir al supermercado a comprar leche para el tardío desayuno de domingo, entre los pilones y una casa rosada, estaban atravesados tres adolescentes conversando que impedían el paso, ella tuvo que caminar por la carretera para rebasarlos, al pasarlos, notó que uno de ellos, agitaban las manos mientras conversaba y tenía una pistola en una de sus manos, parecía apuntar a uno de los muchachos. No creía lo que veía, pero por si acaso, no volteó a cerciorarse, solo siguió caminando lo más rápido que podía para evitar llamar su atención.

Llegó a la pulpería sin ser notada. Pensó que tal vez era su imaginación y que había confundido algún otro objeto con un arma. Buscó en los pasillos un litro de leche y cuando iba a pagar en la caja, se antojó unas donas que Doña Patricia tenía en el mostrador. Llevó tres. Una para ella y otras para sus dos hijos. Una de chocolate para el chiquito y una de vainilla para la hija mayor.

De regreso a casa, camino por el costado opuesto de la acera, por si aún permanecían los muchachos de la supuesta arma en la calle. Pasó rápido por el lugar, y la curiosidad la hizo mirar de reojo, así descubrió que tenía razón, era una pistola, entonces se topó con la mirada de uno de ellos, que al verla, salió corriendo en su búsqueda, ella corrió cuanto pudo, pero solo se alejó unos metros y el chico le dio muy rápido alcance.

El muchacho, de tez morena y contextura delgada, la haló por el brazo izquierdo y le colocó bruscamente la pistola que traía en la cabeza. Entonces Dora, se dejó caer al piso esperando lo peor, quedó de rodillas como instintivamente evitando el disparo, soltó la bolsa del mercado y la leche se derramó por el suelo mientras llevaba sus manos a las orejas tratando de evitar el ruido que produciría el arma al ser accionada, como si eso fuera importante.

El atacante no dejaba de presionar la fría arma contra la sien, en ese momento solo pensaba en sus hijos y qué sería de ellos si ella moría en ese momento. Como último recurso, le suplicó al joven agresor que no la asesinara.

—¡Por Dios! No dispares, mis hijos me necesitan. Te lo suplicó, ¡Por favor!

Pero parecía no conmoverse con su desesperada petición, cuando la gritaba, pudo percibir el aliento de fumador de marihuana del chico, y pensó que era poco lo que podía hacer, pues él debía estar fuera de sí, entonces cerró los ojos esperando lo peor y sus pensamientos la llevaron hasta un recuerdo para consolarse, una mañana soleada igual a esa en el parque, con su chiquito Pablo deslizándose en el tobogán y Milagritos corriendo por la plaza entre las aves.

Al final, el muchacho accionó el gatillo, y al escuchar el sonido del disparo, soltó una risotada sádica. Alegría morbosa por tener el poder de hacer el mal. El asesino disfrutaba de la escena, la veía con sus ojos vacíos de inocencia juvenil tirada en el suelo. Sin remordimiento, se alejó caminando de espalda y cuando estuvo como a uno cincuenta metros volvió a levantar su brazo empuñando el arma, pensó que la iba a rematar. «No hay esperanzas de sobrevivir o tal vez sea mejor para no sufrir la agonía de mi mente divagando mientras me alejo de este mundo.»

Pero sorprendentemente, el atacante acercó a su cabeza el arma. — ¡Oh Dios, se suicidará! —murmuró Dora. Cerró los ojos para no ver la dantesca escena que sería el proyectil perforando la sien del muchacho. Aguardó con los ojos cerrados unos instantes, pero no escuchó alguna detonación. Al abrir sus párpados, encontró al chico con sus compinches riéndose.

Mientras se alejaban de ella caminando le gritaron ¡Sorpresa! muy divertidos. Entonces Dora, un poco desconcertada, revisó su cabeza con su mano en busca de la sangre dejada por la herida, pero estaba intacta. No lo podía creer. Había sido víctima de una broma que casi le cuesta la vida.

LA MENTIRA

Su cigarrillo estaba a medio consumir. Exhalaba humo lentamente disfrutando el momento. Veía a la rubia que estaba sentada en el fondo y un grupo de amigos reunidos en una esquina. Esperaba con paciencia. El tiempo parecía no ser un problema. Iba lentamente contando cada bocanada. Los dedos de su mano lucían relajados, hacía un movimiento repetido una y otra vez, llevando con gracia el tabaco a medio consumir a su boca, de cuando en cuando, lo sacudía en un cenicero que estaba junto a él.

De repente se acercó un mesero, le aviso que tenía una llamada, era de su jefe, pensó si respondería o no, y se decidió por lo segundo. No quería interrupciones. Quería estar solo con sus pensamientos que parecían ir a una velocidad diferente. Los recuerdos pasaban como una secuencia de película por su cabeza como las personas delante de él.

Hacía una semana que había ido a ese mismo lugar. Se había sentado en la misma silla, pero en esa ocasión no había ido solo. La angustia lo acompañaba, había fumado casi toda la cajetilla y sus manos temblorosas llevaban café de cuando en cuando a su boca. Había creado lo inevitable. Esa noche se unió con el día sin descanso. Sabía que tecla a tecla había construido su tumba. Se había tomado un *guayoyo*, girado en orden el anillo en su dedo y arreglado su corbata. En el ascensor, había descendido hasta la calle con rapidez, pues debía llegar a su trabajo antes de las ocho. Pero en la entrada del edificio lo esperaba un auto de la Seguridad Nacional, pensó:

«Han venido por mí. ¡Qué rapidez! ¿Estarán enterados de todo?»

No se detuvo ante el carro, continuó por la calle como si nada ocurriera, apretó el paso por la esquina de Carmelitas y sintió que le seguían a cada movimiento.

Entre sus dedos daba vueltas a la argolla tratando de aferrarse a ella ante las terribles circunstancias que se le presentaban. Los largos años en que se juró defender la verdad parecían haber llegado a su fin. Al llegar a la Plaza Bolívar, un hombre de traje café le cerró el paso.

Él se preparó para lo peor. El tipo le apretó el hombro con firmeza, mientras lo conducía sin decir palabra por los sótanos del Silencio. En el estacionamiento, lo esperaban dos hombres en un vehículo. Se resistió a entrar y fue empujado a la fuerza. En el interior del carro, también estaba sentado en el puesto de atrás su compañero de la redacción Javier.

El auto se desplazaba a mediana velocidad por la carretera a La Guaira, empezaba a anochecer y solo veía los destellos de los faros de los coches que subían a Caracas. Genaro esperaba lo peor, sabía que por esos predios, los hombres del régimen ejecutaban las peores torturas conocidas. Había una historia que recurrente se cruzaba por sus pensamientos, se decía que los esbirros ahorcaban a los líderes opositores colgándolos de los palos más alto que encontraban en esos parajes. En las noches, los lugareños escuchaban gritos desgarradores que parecían confirmar esa versión.

De repente, el vehículo se desvió a la izquierda, por una estrecha carretera de tierra, Genaro sintió que se acercaban a su destino, debía estar atento. Perdería su libertad o aún peor, había llegado su último día. El automóvil se detuvo por completo frente a una casa que tenía la fachada iluminada, apagó los faros y los hombres abrieron las puertas traseras para que

bajaran Genaro y su amigo. Los condujeron al interior, donde en la sala los esperaba un caballero de mediana edad con anteojos de pasta cuadrada que los invitó con un ademán a sentarse en el sofá negro que tenía al frente de él. Sin muchos rodeos, inició el interrogatorio:
— ¿Quién les dijo que el General se irá del país? ¿De acuerdo a lo que saben, cuál es la razón de su partida? ¿Quién es su fuente?

Una semana después, Genaro leía su obra, sentado en el mismo lugar, el Gran Café parecía otro, las luces eran más brillantes, la gente reía. Su titular, que había sido solo una temeraria mentira, terminó convirtiéndose en realidad. "Derrocada la dictadura, El General Pérez Jiménez huye del país" La presión del pueblo, de los militares sublevados y de la disidencia, a cargo de un desconocido líder con anteojos lo volvió un hecho. "Una mentira repetida mil veces convertida en verdad."

VEINTE

Eran veinte las peticiones de los manifestantes que protagonizaban una protesta frente a la entrada de la Universidad *Unicentral* del Sur. Estaban en desacuerdo con el cierre indefinido de la casa de estudios por parte de la dictadura. Perderían su esfuerzo de años por superarse sacando una carrera universitaria.

Los jóvenes bloquearon con barricadas improvisadas, troncos, basura, neumáticos viejos, entre otros objetos, la intersección de la avenida diecinueve de la ciudad. Al otro lado, los conductores habían quedado atascados en el tráfico. Molestos, empezaron a sonar sus bocinas reiteradamente. Era justo la hora pico, el momento de mayor afluencia de vehículos. Había un sentimiento de rabia, impotencia y molestia esparcido por todo el lugar.

Dieciocho minutos llevaba Don Rigoberto retenido en la presa. Las manos le temblaban de la rabia y golpeaba con su puño el volante buscando desquitarse con algo. Pensar que más temprano, había pasado una tarde espléndida tomando con sus compañeros de partido. Había recibido diecisiete millones de dólares por un "negocio" que cerró con el consorcio chino.

Dieciséis Dragones. Pero, ahora tenía que aguardar como cualquier mortal a que un grupo de pelagatos, interrumpiera una reunión con su secretaria Betty, en el motel Nido de Amor en la habitación número quince.

Además, tenía catorce llamadas de su mujer al su celular que no pensaba contestar. De la nada, llegaron trece patrullas del SEBIN, llenas de *tombos* fuertemente armados, por una llamada de "cierto" funcionario influyente que se encontraba atrapado en el tráfico.

En la avenida se armó el zafarrancho, la gente corría hacia la calle doce escapando de las balas de goma y los asfixiantes gases lacrimógenos.

Mientras, Don Rigoberto seguía bebiendo una botella de whisky dieciocho años que le había quedado de la reunión con los asiáticos. Al ver el movimiento de los funcionarios, aprovechó la oportunidad para salirse de su carril y manejar en contra sentido para evadir el atasco. De repente, se topó con un grupo once individuos, a los que no esquivó, y atropelló a diez.

La gente que aún permanecía en el tumulto, fue socorrer a los heridos y otro grupo, que presenció el hecho, a detener al culpable. La camioneta modelo V9, quedó rodeada por un grupo de personas que le exigían a Don Rigoberto que se bajara del vehículo y respondiera por los lesionados, pero este continuaba con una actitud prepotente, tal vez por su naturaleza o por el estado de embriaguez en el que se encontraba. Sin piedad, pisó el acelerador a toda marcha y pasó por encima de los civiles que bloqueaban su paso.

En el mismo cruce, llevaban detenidos a ocho manifestantes que clamaban por justicia y exigían la capturara del político asesino. Entonces, siete motorizados *malandros*, también se sumaron a la batalla campal que ocurría en lugar, pues recibirían pago del régimen por cada "caído" en la protesta. Portaban armas de fuego con las que dispararon a los transeúntes. La calle se había convertido en la quinta paila del infierno.

No era suficiente con la represión que había, cuando llegaron cuatro tanquetas a sofocar el desorden. Al final, tres hombres y dos mujeres fueron asesinados por el ensañamiento de la dictadura y la soberbia de un "enchufado". Un niño quedó huérfano, el hijo de una de las víctimas fatales y cero fueron los años de prisión que le dieron en un juicio amañado a Don Rigoberto por su crimen. Los números no siempre cuentan.

EL PAQUETE

Por fin había llegado el paquete de China. Después de quitarle la cinta de embalaje y deshacerse de los animes, ahí estaba, el ultra escáner 5000, que anunciaban ser un creador tal como los dioses. Ahora sus personajes de ficción serían en 3D. Sin perder tiempo, buscó en su computador la heroína de su último cómic, Wanda, una chica medio mutante y agente. Su obra maestra. Ella sería la primera. Era más que un dibujo, era su idealización de la mujer.

Entonces conectó el aparato y pulsó unos botones como indicaba el manual. Al cabo de unos minutos, Wanda estaba junto a él, tal como la imaginaba, perfecta. Era como si tuviera vida.

Hasta pronunció unas palabras. ¡Qué era esto! No lo podía creer, era más que un escáner, era una máquina que materializaba los sueños. Ya no importaba lo que ocurriera, le sería infiel a su novia con su creación.

Sin vacilar, se acercó a ella, pero no se percató que aún estaba encendido el aparato y en él se paseaba una inoportuna cucaracha. Con rapidez intento apagarlo, pero ya era tarde. Al día siguiente, solo encontraron en su apartamento, un pote vacío de veneno, los cómics regados por el piso y el escáner aún encendido.

EL TESTIGO

Esperaba en la parada, como a las cuatro de la tarde, aún no era la hora pico, así que logró sentarse en un extremo de la banqueta a esperar el bus. Revisaba su teléfono cuando llegó un transporte de color amarillo, su puerta trasera quedó frente a él, logró ver su letrero antes de estacionarse, no era la ruta que esperaba.

Siguió sentado con su móvil, cuando de repente escuchó ruidos, voces, gritos, pero no entendió que decían. Estaba tan abstraído en su teléfono. Pero de tanto alboroto, por fin levantó su cabeza para enterarse de lo que pasaba, junto a la puerta del bus, vio a un hombre robusto con un pasamontañas gris.

Cuando lo detalló mejor, se percató que en sus manos llevaba una escopeta que apuntaba hacia el cielo y sostenía por la culata. No podía creer lo que veía, era muy extraño, como en una película, pero estaba frente a él a escasos dos o tres metros. Quedó paralizado sin siquiera poder hablar, solo lo veía golpeando el bus y mostrando su arma. No lo agredía a él, parecía como si fuese invisible para maleante.

Por fin entendió lo que gritaban reiteradamente las voces en el interior del transporte, por un lado parecía haber un compañero del pistolero que estaba en la entrada del bus junto al chófer, le gritaba algo al conductor:

—No quiero el dinero ni nada contigo, solo buscos a unos pasajeros que están en tu bus, si se bajan los dejamos ir.

Por otro lado, se escuchaban sollozos, gritos y murmullo de los pasajeros aterrorizados. De repente sus piernas y su mente respondieron al mismo tiempo. « ¡Hay que huir, es peligroso estar aquí, no siempre seré invisible, pueden volar balas! » Pensó y como pudo se levantó de la silla lo más silenciosamente posible y caminó un poco temeroso de su espalda que daba al bus.

Así lentamente se fue alejando, pero cuando estaba como a unos cien metros del lugar, escuchó gritos más fuertes, quiso voltear para enterarse de que pasaba, pero sabía que no era buena idea, así que continuó caminando, entonces se escucharon cinco disparos que lo hicieron saltar del susto.

Luego oyó el motor del bus alejarse. Pensó, los gatilleros mataron a los tipos que buscaban, debe tratarse de un ajuste entre bandas. Y siguió caminando asustado, tratando de mantener la calma, de repente, sintió que alguien tocaba su hombro con brusquedad, entonces una helada brisa recorrió su cuerpo desde sus pies hasta la cabeza.

Instintivamente se dio vuelta a buscar de quien se trataba, aunque tenía una preocupante idea de quién era, se encontró con unos ojos oscuros con un brillo de maldad envueltos en una capucha de lana, que lo paralizaron totalmente.

Como un maniquí, quedó ante el hombre que empuñaba una pistola. Este se fijó en su cara y le dijo señalándolo con el arma: - A ti si no te pones las pilas te tocará otro día, pero hoy no. Y se fue corriendo en sentido contrario. En medio de la acera se quedó sin saber qué hacer, aturdido aún por el susto.

Luego, su alma curiosa sintió la necesidad de ver a quiénes habían asesinado los hombres y tomar una foto con el teléfono de los cuerpos en la acera. Se imaginó la escena, por tantos años había hecho la cobertura de la fuente de sucesos para el periódico. Un cuerpo bañado de sangre con perforaciones de escopeta, sus carnes maltrechas esparcidas por la calle, los curiosos alrededor y las mujeres gritando. Con miedo a que todavía estuviera uno de los atacantes cerca, se devolvió cuidadosamente.

En eso sonó el inoportuno despertador, abrió los ojos con dificultad ante los rayos de luz que entraban por su ventana, y pensó, fue solo un sueño, sintió alivio por eso, pero parecía tan real. Se arregló para salir a trabajar, y se fue a tomar el bus.

Llegó temprano a la parada, así que logró sentarse en un extremo de la banqueta a esperar. En eso llegó un transporte amarillo, su puerta trasera quedó frente a él, pero no logró ver su letrero y en eso recordó el sueño de la noche anterior, de repente vio al mismo hombre con el pasamontañas en su rostro junto a la puerta y sin pensarlo mucho salió corriendo de la parada como si la escena se repitiera. Pero esta vez fue diferente. No tuvo oportunidad de tomar la foto del difunto.

LA BANQUETA

Eran las cinco de la tarde, la neblina empezaba a borrarlo todo. Casi la hora de dormir. Las ramas de los árboles estaban quietas y todo parecía desaparecer. Una sensación de vacío. El mundo dejaba de existir. A lo lejos, todavía algunos ruidos en la plaza. Pasos, cornetas y voces.

Había sido un día agitado. Dos pequeños brincaron el barandal, una pareja había discutido por pequeñeces, una anciana se había quedado dormida por horas y dos jóvenes se intercambiaron mochilas en voz baja. Empezaba a desaparecer entre la niebla, cuando me sentí volar pieza por pieza, después de fuerte un estruendo. Me dejó fuera del lugar esparcido en la calzada.

Los sonidos aumentaron. Sirenas de ambulancias, las patrullas de la policía y muchos gritos. Junto a mis tablas retorcidas, algunas personas también estaban como dormidas en el piso. La neblina se convierto en denso humo. Todos corrían a socorrer a las víctimas de una bomba, una mochila que dejaron en la entrada de la iglesia, pero no se acordaron de esta banqueta y su difícil día.

EL HOMBRE SECRETO

Él era todo lo que su subconsciente escondía. Como un comercial de perfume de hombre, irresistible. Tenía el cabello oscuro ondulado que caía desordenado en cascada sobre un rostro anguloso y bronceado, sonrisa atrevida de medio lado, ese cuerpo del deseo acariciado por el sol; y además un ser amable, inteligente, varonil, cariñoso y atento.

Había un solo problema, era un personaje. En la realidad estaba Pablo, un común y normal mortal, con un poco de panza, gases inoportunos a media noche, días simples, sin miradas intensas y con una media calva que brillaba en el sol. Agradable a veces y otras insoportable.

Un día de fantasía lo había creado con unos cuantos toques de teclas, a medida que escribía, cada palabra formaba se formaba algo de él. Una fusión de héroes antiguos como James Bond o Batman con un toque tropical. Como Dios hizo al hombre de las cenizas, Lisa lo recreo en su ordenador. Los hoyuelos de su rostro, sus manos fuertes, su personalidad valiente. Así nació, con una mezcla de madre cubana y un padre francés. Un Adonis de nombre Philips que se convirtió en el protagonista de su novela.

A medida que avanzaba las páginas se enamoraba más de él. Quiso quitarle el puesto a

Jane y ser la protagonista de su novela, pero no había espacio en esas páginas. Hasta que un día al abrir la puerta se encontró a Philips frente a frente de carne y pelo. Su nombre era John, el cartero del servicio postal, traía un paquete de China, pero al verlo lo reconoció de inmediato. Lo invitó a pasar con una excusa y le brindó un té.

Al hablar, se convencía más de que era él, ¿Cómo era posible? Era Philips de una manera análoga. Su padre era inglés y su madre dominicana, hasta las cosas que le habían ocurrido de chico y joven, abandonar su casa a edad temprana, haber dejado la escuela.

Sintió mucha curiosidad, y con un invento le pidió su teléfono para no perder el contacto.

Estaba decidida a averiguar sobre ese Philips que llevaba por nombre John. Así empezó a frecuentar la oficina del correo. Al poco tiempo, había hecho amistad con John, pero en ese punto, ya quería más que eso. Había encontrado al verdadero Philips y no lo iba a soltar.

Se deshizo de Pablo, y de tanto insistir, se volvió la novia de John. Al poco tiempo, se estaba mudando a su departamento ¡Qué feliz estaba! Había pasado de las letras a su vida ¡Era maravilloso!

Los días transcurrían con ilusión descubriendo a ese hombre. Pero la tapa del inodoro empezó a permanecer abierta, los calzones quedaban regados por la habitación, los ronquidos por la noche eran insoportables, los mechones despeinados y malolientes dispersados en el lavabo y su mal humor de las tardes al llegar del trabajo le hicieron caer en cuenta de su error. Se había dejado llevar por su apariencia, pero era un engaño - este John era Pablo disfrazado de Philips.

Así John salió de su casa así como llegó, inesperadamente. Él no entendió por qué su repentina decisión, pero para ella era obvio. Desde ese entonces, busca al verdadero Philips, pero por el momento solo lo ha encontrado en los libros.

AMANDA LA PODEROSA

Una extraña fijación turba el sueño de los padres, su hija es fanática de superhéroes de una manera distinta. Va a la tienda y sale con una camiseta con estampado de Batman y una faja transparente con la súper "B", su letra favorita y la primera que logró escribir.

Uno de sus juegos preferidos es "manejar" el carro de su papá moviendo el volante hacía los lados. Sus tías la ven con recelo, apuestan a que cuando crezca será un "bicho raro", les parece muy ruda para ser una niña.

Amanda no llora cuando se golpea, se incorpora de un salto y sigue jugando. A las maestras les resulta insólito ¿Cómo es eso posible? Y hasta hacen llamados al representante por esta particular situación. La maestra Mariela la coloca a hacer la fila con los varones con el deseo de ridiculizarla, cree que así cambiará y será una niña común.

Pero conforme va creciendo, a Amanda le van gustando los deportes que se consideran solo para "chicos", como el fútbol y el basquetbol. Juega con determinación y lucha con ferocidad por la pelota, lo que la lleva a triunfar pero eso también es mal visto, pues debe destacar solo en deportes femeninos.

A su familia le preocupa sus inclinaciones por las "cosas de varones". Entre algunos primos corren comentarios como: - No te juntes con ella, es una marimacha. No se dan cuenta de que también le gusta el color rosado, el ballet, las *Barbies* y *Hello Kitty*.

Amanda ahora es adulta. No se volvió "rara" pero es absolutamente diferente, porque siempre ha sido una mujer poderosa sin absurdos estereotipos.

VUELA

Apoyo mi cuerpo sobre un estrecho tronco, desde él contemplo con fascinación las montañas, pero estos barrotes no me permiten acercarme a ella, quisiera posarme sobre un arbusto lleno de verdes. El cielo está bañado de sol, adornado por suaves nubes que al desplazarse hacen una lenta metamorfosis. Quisiera recorrer sus rincones, pero estoy atrapado en una jaula.

***

¡Buenos días, Gilberto! Todas las mañanas saludo a mi amigo antes de colar el café. Buscó fruta en la nevera para su desayuno. Me ha acompañado desde aquel viaje que hice a la selva. Desde chico he admirado como vuelan las aves. Recorren sitios remotos con solo echar un vistazo desde el aire. Gino se divierte con él cuando viene a casa los fines de semana. Fue lo único que me quedó después del divorcio. Me he tardado en regresarlo a su hábitat. Es que me he encariñado mucho con él.

* * *

Es mi único compañero. Debo salir a prisa al colegio. Le he dejado suficiente agua y unos trozos de cambur maduro para el día. Mi mamá no quiso llevarlo para nuestra nueva casa. Extraño mucho mi antiguo hogar. Toda la semana espero el día viernes cuando terminan las clases y puedo visitar a mi papá y a Gilberto. Esas tardes en nuestro apartamento son las más felices. Sueño con volar como un ave, comer frutas y no hacer tareas.

***

Sus viajes a la selva fueron los que nos separaron. Nunca estaba en casa y me cansé de esperarlo. Su ausencia se transformó en desamor. Él adoraba más sus estudios de ornitología que a su familia. A pesar de la tristeza de Gino y el cariño que le tengo a Gilberto no he podido conservar al ave porque me recuerda a esa selva que se llevó a Julián de mi lado.

***

La jaula es muy amplia y cómoda, pero no deja de ser una jaula. Me gustan mis amigos humanos, pero ellos no entienden las necesidades de un pájaro. Un tucán como yo no puede estar solo todo el día, somos aves sociales, nos gusta vivir en bandadas entre los árboles. Quisiera hacer un nido con una pareja; posarme en la copa de los árboles y desde allí divisar los ríos y las flores; sentir la brisa cuando se cuela por mis alas y volar lejos de jaulas y ciudades. ¡No pudo seguir cautivo! Me siento solo en este lugar.

* * *

He estado muy triste. Creó que bebí demasiado. He escuchado hablar a Gilberto. Se ha quejado de su encierro. Le he abierto la jaula para que vuele por el apartamento, pero se ha ido dejándome en ella. Es muy incómodo descansar sobre este estrecho tronco. No es agradable ser un ave en cautiverio. Se pierde toda la esencia de ser pájaro. No puedes usar tus alas. Es una vida sin la libertad.

* * *

Saldré a ver el mundo. Está vez tomé las frutas que quise de la nevera. Me he llevado el automóvil para recorrer las montañas pues ya no tengo alas. Me conformaré con manejar por los verdes parajes. En el camino he encontrado una compañera con la que tal vez pueda hacer un nido. Aunque extrañaré a Gino, la libertad del mundo me llama.

* * *

Me he quedado a dormir en el apartamento con mi papá. No lo vi salir por la mañana. Me ha dejado fruta para desayunar y le he agregado leche y cereal. Solo me acompaña Gilberto. Le he dado parte de mi fruta. Lo he notado muy inquieto. He abierto su jaula aunque sé que no debo hacerlo. Tranquilamente se ha posado en la palma de mi mano. Parece como si quisiera decir algo. Pero no sé el lenguaje de los pájaros. Al ver la ventana abierta se ha escapado a través de ella. Cometí un error al dejarlo salir. Seguramente recibiré un gran regaño.

* * *

Es un sueño muy extraño. Me columpio de un lado a otro. Debo salir de este encierro. Cómo le diré a Sandra y a Gino lo ocurrido. No entienden mis palabras. Las plumas que ahora están sobre mi cuerpo siguen el llamado de la selva. La brisa parece hablarme. Me cuenta los secretos para alzar el vuelo. He llegado a las nubes. Me dejo llevar por las corrientes de aire. Agito las alas y ya estoy volando.

* * *

Julián ha desaparecido. Nadie sabe de su paradero, solo tengo los testimonios de algunos vecinos que dicen que salió el sábado muy temprano en su carro con una actitud muy extraña. Otros relatan que iba con una mujer por la vía hacia la selva. También me han mencionado que últimamente Julián bebía mucho. El divorcio lo había dejado muy afectado. No pensé que estuviera tan trastornado. ¡Qué conducta tan irresponsable! Cómo ha dejado a nuestro hijo solo en el apartamento. No le perdonaré nunca que se haya ido así y menos por unas faldas. Esa selva lo ha enloquecido.

* * *

Mi papá ha venido a visitarme. Ha vuelto de la selva, dice que es un lugar maravilloso. Se ha posado al borde de mi ventana agitando suavemente su pico. Es un pájaro. Un colorido tucán. He saltado por la ventana y he volado junto a él. Atravesamos sábanas, valles y lagunas. Nos posamos sobre la copa un árbol. Y observamos cómo salía el sol el amanecer. Fue un sueño muy extraño. Soy hijo de un ave que vive en el paraíso.

ELLA

Era consciente de que en mi alma no había cabida para su esencia, que me inquietaba su mirada sagaz, su impertinencia al hablar y sus creencias sobrenaturales. Ella no podía fundirse con mi ser de ninguna manera.

Seguía mis pasos mientras salía de casa cuando intentaba huir de su mirada inquisidora. Era imposible ofrecerle más. No estaba en mí sentir todo lo que ella deseaba.

Vivía bajo el acoso permanente de su mirada que me cuestionaba. Sus ojos eran los jueces de lo que no se atrevía a decirme con palabras, de lo que guardaba en silencio y que la consumía en una permanente amargura.

Lloré de rabia conmigo por no poder hablarle abiertamente de mis sentimientos, por no acabar de una vez con la tortura que sumisamente padecía ¿Por qué debía sentir culpa por sus reclamos? Si no era responsable de la dirección de mis sentimientos.

Tomé una botella a medio llenar que reposaba sobre la mesa, pensé en beber un trago de ella. Aproveché que no estaba en la habitación, entonces tuve oportunidad de conversar largamente con mi compañero de andanzas, mi sombra. Él, al igual que yo, no podía soportar más seguir en la misma letanía abrumadora. No podía permanecer inerte ante la tensión que ella creaba.

Mi sombra se acercó lo más que pudo a mí oído, y me susurró algunas ideas que había meditado al calor de la tarde. La botella se vaciaba mientras mi sombra me relataba sus planes y yo lo escuchaba atentamente mientras bebía.

Al caer la noche, cuando llegué al último trago, mi sombra se esfumó. Las reflexiones de mi amigo sombrío me habían dado otra perspectiva, entonces comprendí lo sencillo que era desatar el nudo que me ataba a ella, y por fin, salir de ese suplicio. Había llegado el momento.

Sentía que tenía valor para hacerlo. Siguiendo sus sabios consejos, hurgué debajo de mi cama en un cajón de madera vieja, de él, casi intacto a pesar de los años, saqué mi viejo revolver calibre 38. Brillaba como en sus mejores tiempos. Al detallar sus contornos, en mí se esbozó una sonrisa de satisfacción. Desde hacía mucho que mis dientes no se asomaban de mi boca llenos de júbilo.

Como mi sombra me había aconsejado, aguardé con paciencia en un rincón del recinto, hasta que después de dos largas horas, ella apareció por el umbral de la puerta. El foco del pasillo me encandiló de una manera que me impidió detallar su rostro al verme. De pie junto a la biblioteca, reposando mi humanidad en ella, la miré como nunca lo había hecho. No reconocía a ese ser que habitaba en mí.

Entonces, me llené de una fuerza indescriptible que brotaba de cada parte de mi ser y por primera vez, no tuve intención de evadirla, y a pesar de su mirada retadora, mis ojos se posaron fijamente en los suyos respondiéndole a su desafío.

Ella se acercó desafiante, con la confianza que le daba tenerme bajo su dominio, pero no se percató que algo había cambiado en mí. Cuando la tuve a unos metros, sonreí con gran satisfacción, como aquel que tiene el juego ganado.

La dejé ver el arma que empuñaba firmemente en mi mano. Su expresión cambio repentinamente, lucía visiblemente asustada y hasta temblorosa. La intensión de su mirada cambió a un modo suplicante. Titubeó en su andar e intento devolverse. Pero su tiempo se había acabado.

Mi sonrisa permanecía en mi rostro pero ahora con mayor satisfacción. Rendida ahora a mi merced, la vi cerrar los ojos esperando que accionara mi arma sobre su humanidad, que seguí empuñando con determinación. Mi sombra seguía las acciones oculta, esperando que lograr por fin mi libertad que también era la suya.

Después de un suspiro, y ante su imagen de víctima desesperanzada, sin detenerme mucho a pensarlo, accioné el frío gatillo de acuerdo a lo acordado con mi sombra. El proyectil selló mi liberación al cruzar deliberadamente mi sien. Ella quedó bañada de sangre, de mi sangre que hasta el último momento había sido parte de mi venganza.

DOCTOR MUERTE

Es domingo, he tomado el teleférico en la ciudad para subir al Ávila en un pequeño funicular que cuelga de un cable. He quedado suspendido junto con un grupo de turistas españoles sobre el bosque tropical, a los lejos, los grandes rascacielos nos dicen adiós entre la neblina que comienza a cubrir el exuberante paisaje.

Todo comenzó con ese mensaje en el chat. Una notificación que me hizo salir de mi letargo, mientras aguardaba en Urgencias haciendo mi turno de guardia en el hospital. Había sido una noche tranquila, muy diferente a la del lunes cuando la UCI colapsó. Eran casi las 11.30, de acuerdo al reloj que pendía de la pared de la sala de espera, revisaba las redes sociales para no dormirme, mis ojos cansados querían regresar a casa. Solo el café negro sostenía mis huesos, entonces recibí el mensaje de mi amigo Sebastián, invitándome a visitarlo.

Tenía que conversar conmigo algo muy importante que me podía interesar profesionalmente, pero no me dio más detalles. Él se había alejado de todo y estaba viviendo en Galipán. Una buena ocasión para escaparme a un sitio fresco y tranquilo. Tenía muchos años sin saber de él, en la escuela de medicina éramos muy cercanos.

Me he quedado observando por las paredes cristalinas del funicular la exuberante flora que nos acompañaba, mientras un guía explica los detalles de la construcción de esta obra en la década de los cincuenta.

La temperatura ha descendido a medida que avanzamos hasta la cima, para protegerme del frío, busco en mi mochila una bufanda de lana que recuerdo haber guardado, saco el teléfono para tomar fotos y verifico que el pote de agua oxigenada que llevo, por petición de mi amigo, no se haya derramado.

Al llegar a la cima del Waraira Repano, la neblina imposibilita ver el camino, con dificultad, me he acercado a un grupo de jeeps estacionados al inicio de la vía al pueblo de Galipán, son los transportistas que me había mencionado Sebastián. Les he preguntado si pueden llevarme hasta el pueblo. Un hombre rechoncho con mejillas coloradas, ha tomado la voz, y me ha explicado que debo esperar, porque ningún conductor moverá su vehículo con esas condiciones climáticas. En tono fraternal, me ha sugerido dar una vuelta por los alrededores, pues de acuerdo a su experiencia, solo hasta el mediodía la neblina empezará a desaparecer.

He ido a buscar un lugar donde pueda tomarme un café o un chocolate para mitigar el frío que me llega hasta los huesos. Es un paraje magnífico a los pies del imponente Hotel Humboldt, siempre me ha maravillado esa edificación, desde donde se puede divisar todo el valle de Caracas y en los días despejados, hasta las costas de la Guaira.

Debo revisar mis mensajes. En el correo me han enviado los horarios para mañana, espero no tardar mucho, aún no entiendo el apremio de Sebastián. Éramos muy amigos cuando estudiaba en la Universidad Central de Venezuela, a mí me gustaba la anatomía y a él los fármacos, siempre tenía un ungüento mentolado para dolores musculares, después de esas largas caminatas que realizábamos para protestar por el pasaje estudiantil o las mejoras en el servicio del comedor.

Se acercaba el mediodía y la neblina no se había esfumado, me preocupaba el poco tiempo que me quedaba para llegar al pueblo y volver a Caracas. Me acerqué a los conductores de los jeeps para pedirles que hicieran una excepción y me llevarán a pesar del clima, pero no quisieron acceder, les pareció arriesgado emprender el camino en esas condiciones, en vista de mi apremio, me sugirieron que caminara hasta el pueblo. — ¡Qué desconsiderados! —pensé, pero no tenía otra opción. No quería perder el viaje estando tan cerca de llegar.

Son poco más de tres kilómetros, pero casi no logro ver mis pies al caminar, inicialmente, la rabia al discutir con los choferes me hizo moverme con determinación, pero ahora, en medio de esta nube blanca, no sé ni donde estoy, siento un poco de temor por lo desconocido, he revisado mi teléfono para llamar a Sebastián, pero no tengo señal, no me queda más que seguir caminando por la senda de tierra.

Me he comenzado a sentir muy agotado y sediento, no pensé en traer una botella de agua mineral. Mientras camino, solo pienso en un suceso, que me ocurrió la noche anterior, al ver la lista de fallecidos de la morgue, me quedé muy sorprendido al saber el nombre de uno de los fallecidos, busqué al patólogo de guardia para indagar sobre el caso, pero se había ido.

Al cabo de un tiempo, escuché risas a los lejos, había empezado a aclarar. Me topé con un grupo de niños que corrían por la calle de tierra, al fin, después de la larga caminata, he llegado a Galipán. Es un pueblo pintoresco en un día frío. Las gotas de rocío descansaban plácidamente sobre las verdes hojas, entre los novios, calas y pensamientos, los chayotes colgaban, la coliflor aparecía entre las hojas.

Casas en hilera de fachadas coloridas adornaban la entrada y en el centro una pequeña fuente de piedra donde tomaban agua algunos caballos. El haber llegado al pueblo me lleno de ánimo, y aunque aún seguía cansado, me apresuré a buscar la casa de mi amigo, por el chat me explicó que tenía una fachada de piedras y quedaba al final de una de las callejuelas en el costado derecho.

De camino, me topé con un campesino que llevaba a un burro arreando una carreta. Al preguntarle por la dirección, el hombre se ha ofrecido a llevarme ¡Qué bien! Porque me hacía mucha falta. Al cabo de unos minutos, había llegado a la puerta de la vivienda, le agradecí dejándole unas monedas que recibió gustoso.

En la casa, halé una cuerda reiteradamente para tocar una pequeña campana que colgaba de la parte superior de la fachada, al cabo de unos minutos, abrieron la puerta y por ella apareció mi amigo, se veía más joven de lo que recordaba. Me recibió con un afectuoso abrazo y me invitó a pasar.

Nos sentamos en una mesa de pino, junto a una burda chimenea, y le conté toda la odisea que he tenido que pasar para llegar a visitarlo. Se rió divertido y se disculpó por las molestias. Me ofreció un vaso de agua, y luego una copa de vino de una producción casera con la que ha estado experimentando, y aunque habitualmente no bebo, no me atreví a despreciarlo.

Hemos hablado de cosas sin importancia, nos ponemos al corriente de lo que hemos hecho en estos últimos años. Me intriga saber por qué no me ha hablado aún del motivo de su invitación. Lo recordaba como una persona muy directa ¿Qué le ocurre ahora? Para romper un poco el hielo, le he comentado una anécdota que me causó mucha gracia.

—Sabes, te vas a reír de mí, pero anoche descubrí que tienes un clon dando vueltas por ahí. Bueno, las daba, porque no está más con nosotros.

—No te entiendo —me dijo sonriendo.

—Lo que ocurrió fue lo siguiente, estaba revisando la lista de decesos cuando me topé con un tal Sebastián Pereira. Me causó mucha sorpresa que uno de los fallecidos llevara tu nombre, porque antes había conversado contigo en el chat. Traté de averiguar la historia, pero el camillero de guardia se había ido. Fue una casualidad muy extraña. Todavía en la mañana tenía dudas, pero cuando hablamos por teléfono entendí que era una coincidencia.

Me reí recordando lo ocurrido antes que Sebastián soltara su risotada, pero no parecía causarle gracia mi historia, solo sonrió y me dijo:
—No es un error, estoy muerto. Un escalofrío recorrió mi cuerpo. Pero pensándolo mejor ¡Qué locura era esa! Seguro

trataba de gastarme una broma, así que decidí seguir su juego.

—Hace algún tiempo, descubrí unos archivos enterrados por la maleza del doctor Gottfried Knoche estando en la montaña. Investigué sobre aquel que le decían el Doctor Muerte y descubrí algo más de lo que no se tenía conocimiento. Este médico, además de embalsamar cuerpos para evitar su descomposición, descubrió la manera de prolongar la vida con una planta, que solo se encuentra en el Waraira Repano. Hizo un brebaje que permite gozar de una salud envidiable aunque los signos vitales indiquen lo contrario.

— ¡No puedo creer lo que me dices!

—Lo tomé para experimentar, y ahora estoy clínicamente muerto. ¡Es extraño vivir así! Aún continúo haciendo pruebas. No sé cuanto dure el efecto. ¡Tienes que creerme!

Me he quedado detallándolo, buscando algún indicio de lo que afirmaba, tal vez unos tornillos en su cuello o unas costuras como Frankenstein, pero no entiendo lo que ocurre.

—Tenías ver personalmente lo que ocurre, por esa razón te he contactado, solo confío en ti. Siempre has hecho un buen trabajo y quisiera que documentaras este hallazgo. No sé hasta cuando continúe existiendo. No quiero que se pierda este maravilloso descubrimiento.

Sebastián me ha mostrado algunas fotos y escritos de sus trabajos, mientras me sirve otra copa de vino. Yo no he podido digerir aún lo que me dice y me he tomado la bebida muy de prisa. Hemos salimos de la casa a recorrer las calles, saludamos a la gente, no parece haber algo extraño en ellos, es un pueblo como cualquier otro, pero mi amigo me ha dicho que todos los habitantes han probado el brebaje.

Me ha comentado que quiere volver a la vida a su gente querida. A aquellos compañeros torturados que murieron durante las luchas estudiantiles. Los ojos se me han llenado de lágrimas pensando que podría ser verdad, que ese descubrimiento cambiaría el mundo.
— Ese es mi sueño, pero necesito de tu ayuda, pues hay que localizar las tumbas, revisar las condiciones de los cuerpos y realizar algunos

implantes. Me hace falta más apoyo. Ha tomado un poco de aire como si fuera el último suspiro y ha continuado contándome los por menores que aun no asimilo.

—A mí también me parece mentira estar muerto.

La noche sin estrellas tomó la montaña. Había comenzado a caer un poco de lluvia. Algunos perros deambulan cerca buscando un sitio donde cobijarse. Corrimos entre las gotas hasta la casa. Santiago me condujo hasta una habitación que fungía de laboratorio. Hurgó entre los cajones, y de uno de ellos, sacó un frasco con un poco del brebaje, y en otro recipiente, una muestra de su tejido.

—Con esto podrás comprobar que lo que te he dicho es verdad. Mañana cuando vuelvas a la ciudad lleva las muestras a un laboratorio de confianza sin explicarles de que se trata. ¡Espero poder contar con tu apoyo!

Le pedí a Sebastián que me acompañará a la ciudad, pero tiene miedo de experimentar algún deterioro en su salud, ha notado que en temperaturas cálidas, el brebaje pierde parte de sus efectos.

Al terminar de cenar, traté de conciliar el sueño, pero estaba muy ansioso, quería que llegara la mañana. No sentía miedo, aunque había dado un paseo con un zombi, solo quería comprobar si Santiago tenía razón o solo se había vuelto loco. Aún estaba escéptico.

Al despertar, me encontraba en la parte trasera de un jeep, mi cabeza me da vueltas y no sabía ni cómo había subido a ese carro, le pregunté al chofer, pero por alguna razón, parecía no escucharme. Instintivamente revisé mi bolso, para constatar que aún tenía las muestras que me había entregado Sebastián. Los frascos estaban intactos.

Cuando llegué a la estación del teleférico me subí en el primer funicular que encontré, estaba desesperado por llegar a la ciudad. Los pensamientos me abrumaban. ¿Era real el caso de Sebastián o solo lo había soñado? Luego de unos minutos de viaje pude divisar a la ciudad de Caracas, majestuosa e imponente. El cielo estaba despejado y el sol radiante.

En la ciudad, me subí al primer taxi que encontré, solo quería llegar al laboratorio del hospital, y revisar personalmente las muestras. Le indiqué al conductor que se apresurará. El hombre pisó el acelerador. El carro comenzó a rodar aprisa por la Cota Mil al son de Oscar de León. Teníamos la autopista solo para nosotros.

Pero muy cerca de la avenida Baralt, el conductor viró bruscamente a la izquierda, para esquivar un hueco, pero por error, pisó un charco de aceite en el pavimento. Entonces el vehículo comenzó a dar vueltas fuera control.

Al ver la situación en que me encontraba, sólo pensé en aferrarme al bolso con las pruebas para salvarlas, pero mi mañana se oscureció y ni siquiera tuve tiempo de probar el brebaje del Doctor Muerte.

AMOR DEL CHAT

Ella tenía que confesarle que había empezado a amar su presencia. Se emocionaba al escuchar el sonido de alerta, porque le indicaba que tenía un mensaje en el monitor.

Cuando empezaba a aparecer la burbuja de chat, con el diminuto cuadro rojo, esperaba que el rostro de aquel hombre apareciera.

Se decepcionaba al comprobar que se trata de otra persona, porque solo quería conversar con él de cualquier cosa o recibir emoticones de él, muy oportunos para expresar sentimiento cuando eran muy engorrosas las palabras. Un guiño de un ojo, una sonrisa y hasta una mano aprobando una idea, eran más importantes de lo que parecían para ella cuando era él quien las enviaba. Tenía el poder de dibujar en su rostro y en su vida una gran sonrisa.

Sabía poco de él, pero no necesitaba más. No soñaba con conocerlo o encontrarlo esperándola en la próxima esquina con los brazos abiertos, no quería salir con él algún día, ni siquiera hablar por teléfono, lo que le recordaba que hasta desconocía su voz.

Solo deseaba conversar por el chat y sonreír de vez en cuando. Una relación simple. Aunque sentía que podía ser su gran amor.

No tenía idea de cómo era físicamente, pero eso no era importante, pues para ella, él era una sonrisa. Su rostro al saber de él, no resistía la tentación de llenarse de felicidad, sus lánguidos ojos se iluminaban, y como un ave que extiende sus alas, sus labios adquirían la forma de la luna, a través de la que se asoman tímidamente sus dientes.

Le hablaba de cualquier cosa y ella trataba de responderle, pero no era fácil, quedaba como un montón de hojas blancas donde no hay ni una línea escrita, trataba de armar algo, pero nada le parecía adecuado, divertido u oportuno. Se le acababan las ideas, y quería que él se mantuviera en línea, pero la ansiedad empeoraba todo.

La verdad es que quería causarle una buena impresión, pero las palabras se le atascaban en algún lugar entre el cerebro y las yemas de sus dedos. El teclado enmudecía, aunque quería gritarle ¡Me gustas! Expresarle que su amor por él era más grande que una galaxia entera, pero el secreto nuevamente se quedaba entre su computador y ella. El Internet no lo lograba llevar hasta él.

Para ella, no cabía la menor duda de que él era una gran alegría que la acompañaba todo el día. Le hacía más llevadera la vida cotidiana que algunas veces la abrumaba y otras veces la llenaba de hastío. No necesitaba más, le bastaba con la sonrisa que él dibujaba en su vida.

Pero un día por casualidad, encontró su verdadera foto en el Facebook. Él tenía la cara verde oliva y ostentaba un par de grandes tentáculos en lugar de brazos. Ese día entendió porque él era un amor de otro mundo.

PASO EN FALSO

Al borde del acantilado, permanecía pensando cuál era la mejor decisión, si retroceder o continuar. Era muy difícil escoger. Cerró sus parpados por un momento. El sol quemaba su rostro. Había sido un día difícil: la presentación de ese terrible poema, caer de la tarima por un descuido y escuchar las risas en el auditorio. Si, un día muy difícil, y no había sido el único desde que había llegado como "el nuevo."

Una libélula pasó volando muy cerca, su zumbido sorprendió al muchacho, casi da un paso en falso, pero recobró el equilibrio necesario para continuar sufriendo con el par de hipopótamos que sentía que se afincaban en su pecho. Las imágenes borrosas de los chicos burlándose cuando se lo llevaban en el carro de la Cruz Roja. Había sido solo un susto, pero el fin de su vida a los diez años. ¿Cómo podría volver? Ver de nuevo esas caras, sobre todo la de Patricia, era mejor huir al más allá.

La brisa jugueteaba con sus mechones chocolate y acariciaba una lágrima derramada. Había decidido mejor mirar. El brillo de sus ojos se perdía en la tarde que empezaba a mostrar naranjas y lilas entre los samanes que se veían a lo lejos. Aún sus pies descalzos permanecían inmóviles, su cuerpo erguido en el peldaño más alto y sus pensamientos flotando en alguna nebulosa.

«¡Joel salta ya!»

Y repentinamente en un instante, sus pies quedaron en el aire suspendido entre la fantasía y un lote baldío. Su cuerpo intentó buscar la tierra llena de mala hierba, pero pudo ser el vacío. De repente, una voz lo sacó de sus pensamientos.

—Joel, ven a comer, la cena está lista.
—Está bien mamá, ya voy.

Pero para sí dijo « ¡Mañana no tardaré tanto en saltar!»

EL VIENTO QUE ARRASTRA

Se llevaba todo, hasta las hojas del camino. Con esa fuerza que atrapa, que cubre, que abraza más fuerte, y así, se enamoró de él, de manera inesperada. Su sinuosidad la llevo por caminos jamás pensados.

Pero como su deambular no era fijo, cuando vinieron los vientos del norte, se fue con ellos sin más, su más preciado viento, ya no estaba, entonces vino la lluvia y los rayos del sol. A ellos les preguntó por él, hasta la luna acudió para saber del viento, pero él se esfumó tal como llegó.

— ¿Qué será de mí sin él? se preguntó.

Caminó sin rumbo hasta llegar a la orilla de una playa. Cada minúsculo grano de arena acariciaba la planta de sus pies. Los rayos de sol le impedían ver el océano. Sus ojos bañados de lágrimas no hallaban consuelo.

Un pájaro marino revoloteo sobre su cabello, despeinando sus enredados crespos, lo había traído el viento, parecía que quería avisarle algo, pero no logró comprender el mensaje.

Al pasar los días, él volvió a jugar con sus risos, a acariciar su rostro y a agitar su vestido. Ella se dejó llevar por su envolvente sonido, pero su fuerza indomable lo arrastraba todo, esta vez parecía molesto, giraba con vehemencia sin detenerse. Golpeaba y rugía, era otro, se había transformado.

Deseaba sus caricias, pero parecía haber perdido la conciencia, trató de contenerlo, pero le fue imposible, su invisibilidad lo hacía escurridizo, lloró desconsolada, el viento no se enterneció, parecía no vacilar ante nada. No lo entendía.

Las olas cada vez eran más altas, golpeaban con fuerza la orilla, parecían unirse a la protesta del viento que solo deseaba tenerla para sí.

Pero ¿Cómo podría retenerla, admirarla o unirse a ella? Sopló y sopló desesperado, pero no vio otra opción que llevársela a su lado.

Ahora vuelan juntos, él sacude sus alas y surcan por encima de las nubes.

CON UNA MIRADA

— ¡Anita! Hasta cuando tengo que decirte que dejes de espiar a los vecinos.
—Ya voy mamá, ya voy.

Gritaba la chica mientras recogía su libreta junto al gracioso bolígrafo coronado por una vivaz pluma amarilla y se alejaba de la ventana suspirando de nuevo. Su mamá no la entendía, a ella no le interesaban las confidencias de la cuadra. Ana solo esperaba una carta.

A través de una pequeña puerta, y sin que alguien la notara, todas las tardes se sentaba junto a la ventana a observar cómo caminaba con sus pasos acompasados el cartero por la cuesta que llegaba a su casa, en lo que doblaba en la esquina, ella empezaba a imaginar lo que el profesor Julián Clemente González había tenido el tino de escribirle.

"Me he tomado el atrevimiento de escribirle..."

Imaginaba que diría la misiva, pero de inmediato lo tachaba de su cuaderno. «Un hombre con el garbo de Julián no podía iniciar una carta de esa manera tan sosa.» Pensaba la chica, mientras lo recordaba con su impecable traje colgado de la baranda del tranvía, y esa sonrisa que le dedicaba todas las mañanas cuando ella lo miraba. «Seguro la carta estará llena de versos poéticos de esos que parecen indescifrables, pero que suenan tan bonito.»

Todos los días a la misma hora discurría las palabras que diría Julián, mientras el cartero continuaba su andar con el pesado fardo a cuestas. Pero para variar, el empleado postal nunca se detenía frente a la puerta de la familia Rincón, sino que pasaba derechito hasta la siguiente cuadra. Anita no dejaba de mirarlo desilusionada como tantas tardes, hasta que lo perdía de vista cuando cruzaba en la esquina de Amadores.

Julián no escribía y Ana se desesperaba más cada día que pasaba, buscaba explicaciones para su indiferencia, pero no encontraba ninguna que la consolara. Una mañana en la que Ana ayudaba a cocinar el desayuno a su madre, está la encomendó a ir a la bodega de la esquina a comprar un poco de azúcar para el café. La joven caminó por el zaguán rumbo a la salida y en la calle.

A pocos metros de su residencia, se topó con el cartero. Era aún temprano para su llegada, pero igual se sonrió con él como si lo conociera. El hombre al verla, le cerró él pasó y con un ademán le indicó que aguardara. Ana estaba emocionada por fin había llegado la carta de Julián.

El cartero hurgó en el enorme bulto, mientras la chica se desesperaba. Hasta las manos le temblaban de las ansias. Sus ojos pardos se posaron fijos sobre el bulto donde el hombre escudriñaba aún buscando una carta para ella.

Después de unos minutos, sacó un sobre arrugado. Una vez en las delicadas manos de Ana, el hombre del servicio postal se disculpó por la tardanza en la entrega y por el estado del sobre. Explicó que anteriormente no había podido dar con la dirección.

— Jovencita, después de visitar casa por casa y recorrer de arriba abajo las cuestas de La Pastora estoy seguro de que esta carta es para usted.

La chica no sabían que decir, miró el sobre con detenimiento, mientras el hombre se daba la vuelta para continuar con su faena diaria. Al leer el remitente, encontró la explicación a la tardanza.

"Para la pastoreña que con una mirada inspira poesía."

La chica sonrió y de inmediato abrió la carta. En ella decía:

"Me he tomado el atrevimiento de escribirle..."

Y aunque la carta no tenía ni un solo verso rimbombante, la sola mención de sus ojos en el destinatario, fue suficiente para satisfacer su ilusión. Ahora ella le respondería y él sabría que Ana Rincón era la pastoreña que con una mirada inspiraba poesía.

LIBRES

La calle estaba llena de banderas, abundaba el tricolor, algunos llevaban identificaciones de los grupos a los que representaban, otros eran independientes. Había una muestra de casi todo el país reunido en ese lugar, hasta los gatos se unieron a la lucha.

Era una mañana increíblemente soleada, el cielo era muy celeste y la brisa era suave. Había llegado el día esperado, después de tantas diferencias, caminaban unidos por la avenida principal manifestando el cansancio por "los de arriba" que dominaba todo a su antojo.

Estaban hartos de bañarse con agua fría, de comer solo enlatados, de hacer filas para recibir una ración, de soportar ruidosos desfiles, de escuchar las ruidosa e interminables cadenas y de tantos idiotas diciéndoles mentiras. En resumen, ese era el motivo de las protestas, estaban molestos de soportar humillaciones y fingir agrado.

En el camino, esperaban encontrar oposición, la represión había sido brutal últimamente, muchos de sus compañeros habían sido encadenados bajo el sol, sin agua, ni comida. Habían violado todos sus derechos, no podían permitir ni una agresión más. Por sus camaradas retenidos sin justificación alguna, tenían que luchar.

No había justicia y solo les había quedado callar. Esa había sido la firma de su destrucción, pero ahora el mundo sería un lugar diferente. Ya no estaban dispuestos a ceder. No tenían miedo, aunque sabían que los atacarían en el camino, con todo su equipo represivo, para detener su avance. Aun así, caminaban unidos por la avenida principal, hasta los carros se tuvieron que desviar, porque la calle era de ellos.

Al pasar la esquina de Los Pajaritos, los esperaban un grupo numeroso de represores, aún creía que podían mantener el control, les empezaron a lanzar piedras, aunque sabían que iban desarmados, pero no se detuvieron, aún con numerosos compañeros heridos. Siguieron adelante por la defensa de sus derechos, nunca habían querido la guerra, siempre se habían destacado por ser obedientes, pero estaban abusando de su buena voluntad.

En el segundo semáforo de la avenida, se toparon con una barricada, había unas tanquetas esperando su llegada. Estaban dispuestos a pasar por encima de ellos, como si no lo hicieran a diario, dejar tendidos sus restos en el asfalto y disfrazarlo de suceso de accidental.

Pero no se dejarían intimidar. Corrieron por las calles paralelas y evadieron su artimaña. Estaban muy cerca del palacio, el objetivo simbólico de su lucha. Harían escuchar sus voces al tirano mayor.

Y aunque la entrada principal era resguardada por unos dóbermans traidores. No se marcharían sin pelear. Por fin sabrían de lo que son capaces. Lucharon con todo, hasta con los dientes, hubo muchos caídos, y en un último esfuerzo, ladraron con fuerza llenos de desesperación.

Había sido un día infernal, pero algo increíble pasó, el tirano aturdido por la protesta se rindió y con él, el resto de sus secuaces. Habían logrado derrotar las cadenas de la opresión humana, y al final, podrían disfrutar del mundo que se merecían, como caninos libres comiendo unos suculentos bistecs.

EL CHALET B

Hizo un garabato simple, así sería su nueva casa con jardines frondosos llenos de coloridas flores y un columpio en la entrada. Era su sueño.

Pero después de treinta años en su hogar, había sido "expropiado" por el narco gobierno, que con su arbitraria decisión además había causado la muerte de su esposa, y estuvo a punto de llevárselo a él también.

El señor "B" trataba de reponerse de esa pérdida. Se había vuelto un sueño recurrente recuperar la casa, casi una obsesión. Sentía que se lo debía a la señora "B".

Cada parte de la vivienda había sido construida por la pareja con sus manos. El jardín y los mosaicos de la sala, fueron idea de la señora "B", él había hecho la estructura y los cimientos. Tenía que volver a ella.

Cada domingo, iba al lote donde yacían los restos de su esposa y le llevaba el dibujo que iba desarrollando poco a poco. Solo en papel había podido tenerla. Dibujo las columnas; las tablas del chalet; el techo verduzco, con una pequeña ventanita de puertas batientes sobre él; el jardín con las flores favoritas de la señora "B"; y la biblioteca llena de libros. Cuando estuvo listo el diseño, lo colocó junto a la lápida de su esposa.

* * * *

Después de varios meses de papeleos en una lucha infructuosa por la propiedad, los esbirros ganaron y decidieron terminar de saquear las pertenencias que quedaban dentro de la casa.

Llegaron como las bestias, a destruir y robar. Se detuvieron frente a la reja blanca de tablita, de poco más de un metro de alto, y uno de ellos, la pateó con fuerza hasta convertirla en leña, abriéndole campo a sus compañeros para entrar a la casa. Llevaban la orden del un político influyente de limpiar su nueva casa.

Con sus armas en la mano, los gorilas verdes subieron las escalinatas del pórtico, y aunque uno sugirió tumbar la puerta desde el principio, otro no quería ensuciarse, pero al final resolvieron entrar a la fuerza como de costumbre.

Empujaron la puerta con sus cuerpos feroces, pero esta no cedía a sus deseos. Cansados, tomaron un respiro para continuar con su terca labor, pero para su sorpresa, la puerta se abrió sola. Desde la entrada, revisaron con la mirada buscando quién la había abierto, pero no había persona alguna frente a ellos.

Uno de ellos, el más alto, ingreso a la casa, los otros lo siguieron. Habían logrado su objetivo. Tenían el dominio del chalet y no parecían tener resistencia. Uno de los guardias llamó a su jefe.

—El trabajo está listo, la casa es suya.

Entonces, repentinamente el piso empezó a moverse, parecía desaparecer ante sus ojos. Los cinco sujetos no lograban mantenerse en pie, un chirrido, que parecía más un grito de ultratumba, salía de entre un agujero que se había formado en la entrada.

Al ver la situación apremiante en la que se encontraban, los hombres intentaron huir corriendo hacia la puerta, pero el hoyo los atrajo irremediablemente hacía él. De sus fauces, aparecieron numerosos dientes que devoraron uno a uno a los esbirros que gritaban sin ser escuchados.

Sin los uniformados, la calma volvió a la casa, con sus columnas, el techo verduzco, la ventanita de puertas batientes, el jardín con las flores favoritas de la señora "B" y la biblioteca llena de libros. El nuevo diseño era un éxito, con un sistema de seguridad muy eficiente. Por fin, la casa de los sueños del señor y la señora "B" era una realidad.

Made in the USA
Columbia, SC
24 May 2025